Seísmos

Seísmos
Primera edición: octubre de 2011

© 2011 Javier Puche (texto)
© 2011 Riki Blanco (ilustraciones)
© 2011 Thule Ediciones, S.L.
Alcalá de Guadaíra, 26, bajos
08020 Barcelona

Director de colección: José Díaz
Maquetación: Jennifer Carná

EAN: 978-84-92595-96-9
D.L.: B-29478-2011

Impreso en Gráficas 94', Sant Quirze del Vallès

www.thuleediciones.com

Seísmos
CUENTOS Ð SEIS PALABRAS

Javier Puche
Riki Blanco

No quería nacer. Lo obligaron vilmente.

Hambriento, desviste Saturno a sus hijos.

La mantis religiosa devora un crucifijo.

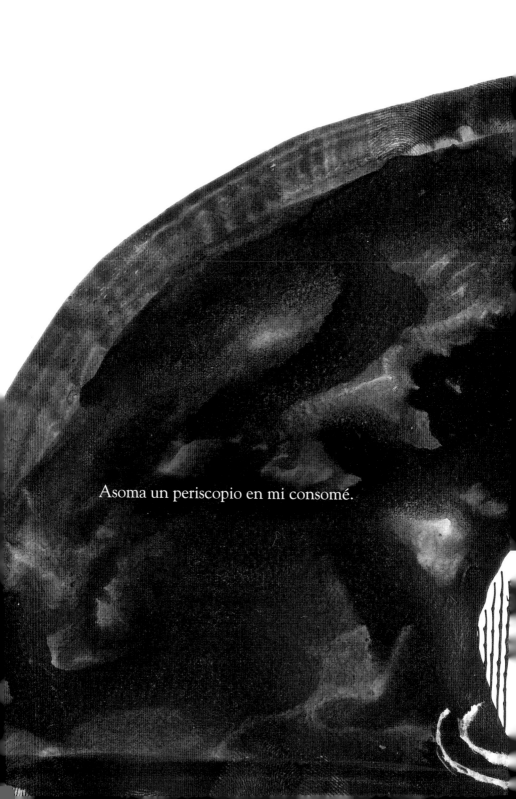

Asoma un periscopio en mi consomé.

Me succionó la identidad un mosquito.

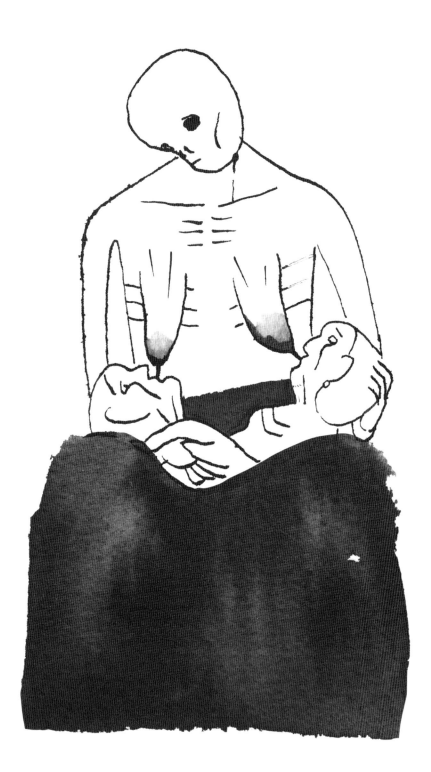

Amamanta la nodriza a los ancianos.

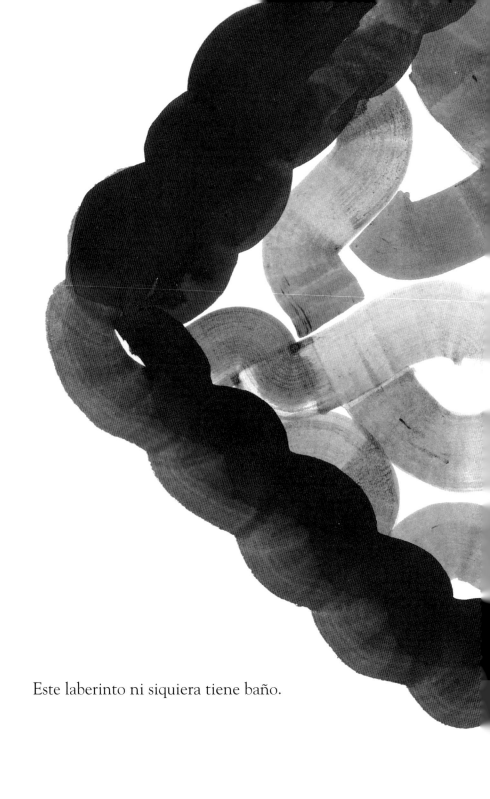

Este laberinto ni siquiera tiene baño.

Avanza la marioneta por el desierto.

Sonámbulo, recorre el funambulista la telaraña.

El monstruo bajo la cama tosió.

Adelanta diez minutos el espejo retrovisor.

Empezó a llover dentro del espejo.

Caen del cielo estrellas de mar.

Secretamente celebra el ciego los eclipses.

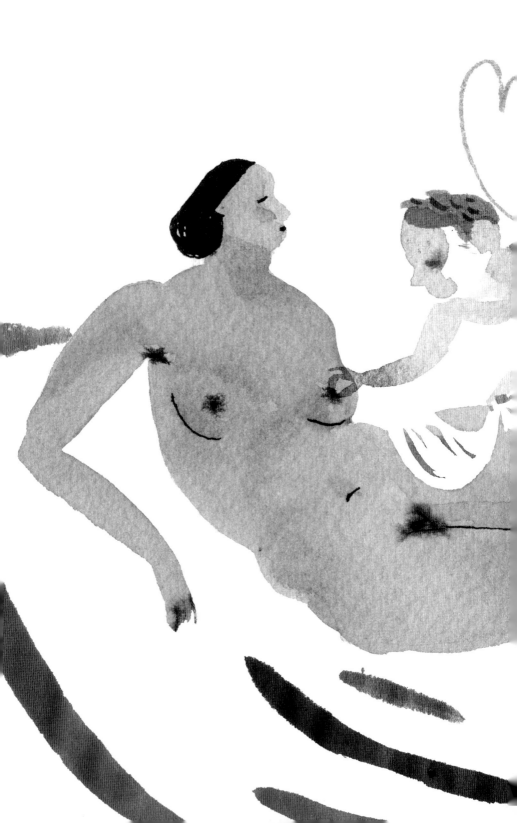

Cupido fue por fin al oftalmólogo.

Mi sombra flirtea con otro cuerpo.

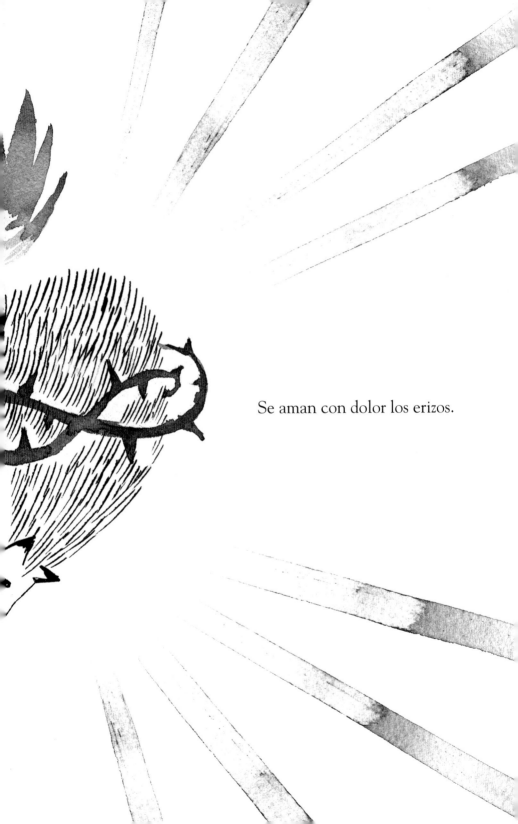

Se aman con dolor los erizos.

Copularon hasta enloquecer. Tras lobotomizarlos, siguieron.

Aterrado, disimula el arzobispo su erección.

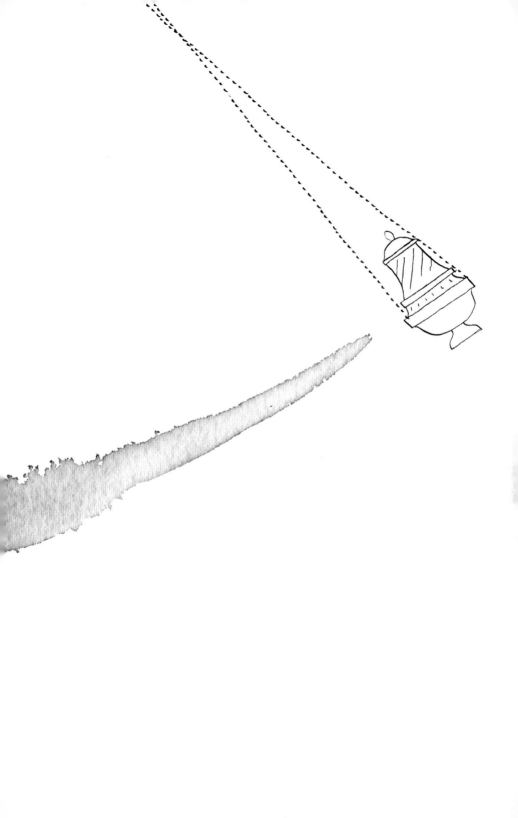

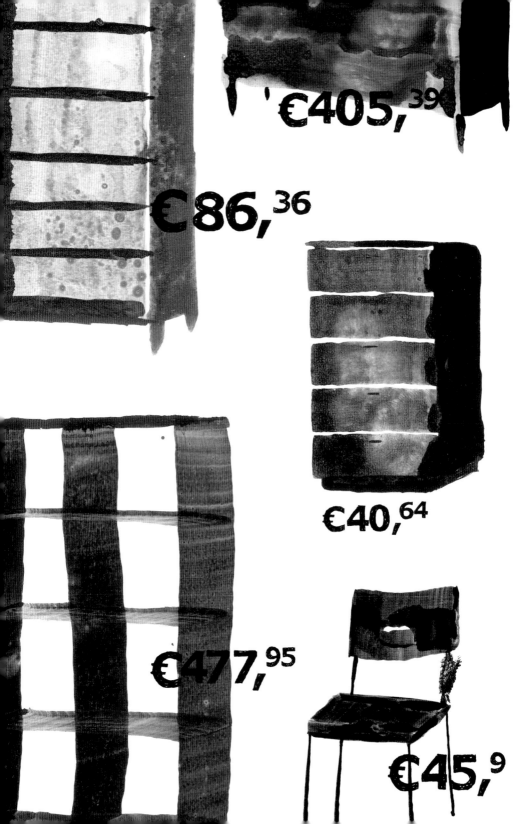

€405,³⁹

€86,³⁶

€40,⁶⁴

€477,⁹⁵

€45,⁹

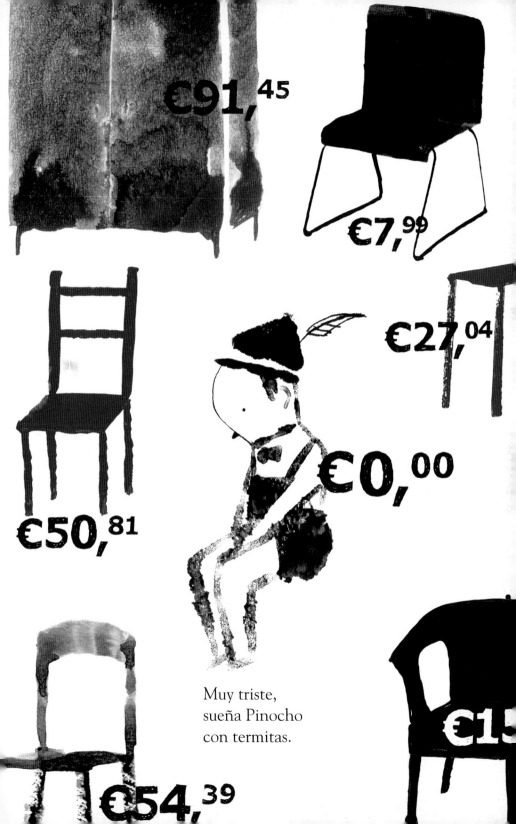

€91,⁴⁵

€7,⁹⁹

€27,⁰⁴

€0,⁰⁰

€50,⁸¹

Muy triste,
sueña Pinocho
con termitas.

€15

€54,³⁹

Tres tristes tigres se suicidaron alternativamente.

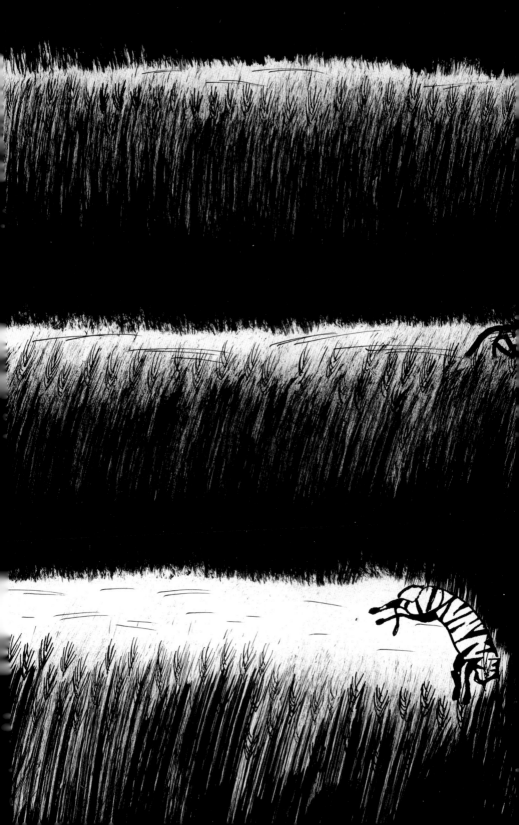

Mata despacio al joven el anciano.

Descubrí un ahorcado en mi bonsái.

Decapitado, sigue pensando el filósofo tenaz.

Incómodo, el cadáver cambió de postura.

Me queda algo pequeño el ataúd.

Ignora el difunto que debe callarse.

Contempla el pirómano la capilla ardiente.

Intenta el espectro besarla mientras duerme.

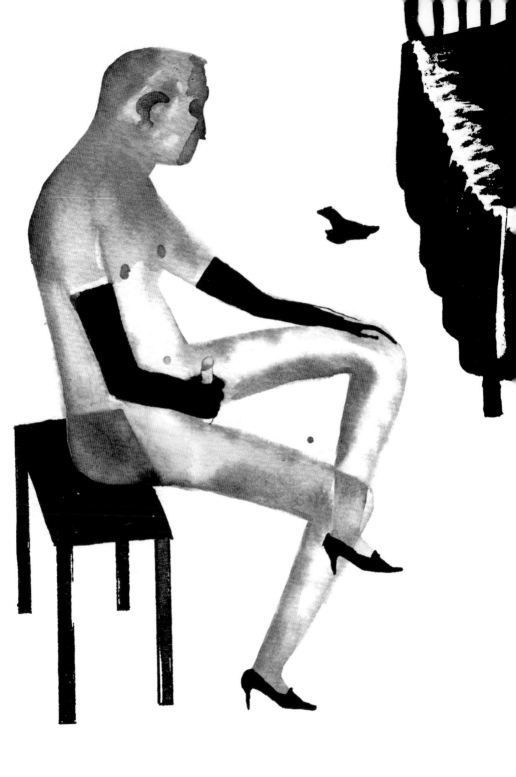

Duerme el fantasma abrazado al moribundo.

Le aburre al muerto la eternidad.

Por imprevista resurrección, vendo mi tumba.

Devora el caníbal al último hombre.

Tras el Apocalipsis, llora un bebé.

Sobrevuelan los arcángeles la ciudad incendiada.

El tiempo —cansado— se detuvo ayer.

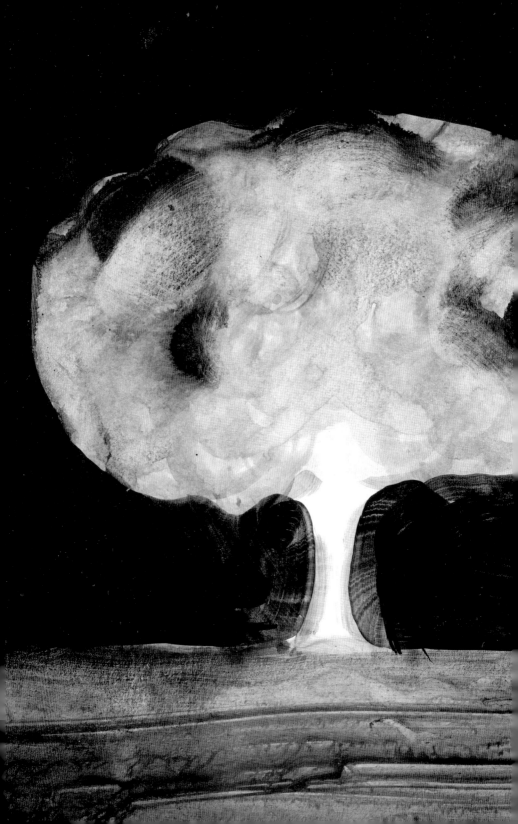

Dijo *Abracadabra* y la realidad desapareció.

Expectación. Planteamiento. Nudo. Desenlace. Aplausos. Olvido.